한국 희곡 명작선 77

짐승의 時間

한국 희곡 명작선 77

짐승의 時間

김민정

평민사

김민정

짐승의 時間

등장인물

태수(567) : 18세 소년 조선인. 모친에게 버려진 부랑아출신의
    선감원 수감생.

마츠모토 료코 : 18세 소녀 일본인. 선감학원 원장인 아버지 미노
    루를 따라 선감도로 이주.

마츠모토 미노루 : 일본인 선감학원 원장.

마츠모토 유리코 : 미노루의 아내. 수다스럽고 명랑한 여인이나
    님편의 무시와 홀대에 원망이 쌓여감.

미츠이 이치로 : 실질적인 선감학원 관리자. 30대로 적지 않은 나
    이지만 료코를 아내로 삼으려고 환심을 사기 위해 애를 쓴
    다. 태수에게 질투의 감정을 가지고 있으며 눈엣가시처럼
    여긴다. 한쪽 팔이 의수로 만들어졌다.

때

1945년 5월

곳

경기도 안산의 선감도, 당시에는 선감도와 육지를 연결하는 도로
가 없었다.
선감도는 온전히 섬이었고, 배들만이 통행할 수 있었다.

무대

무대는 가변적이다.
미노루의 2층 목조 주택이 주된 공간이되, 이 공간은 때로 선감
원의 비밀통로 앞 공터가 되기도 하고, 부랑자 감호 시설인 선감
원으로 변모하기도 한다.

1.

제법 쏟아지는 빗소리. 천둥 번개, 폭풍우가 치는 소리가 들리며 번쩍이는 빛에 겁에 질린 소년의 모습이 짧게 보였다 사라진다.

태수   (어둠 속에서) 시작은 기억나지 않습니다. 너무 어려서 기억을 못하는 것 같아요. 마치 여기서 태어난 것처럼 최초의 기억이 그곳이었습니다. 서울역. 흰 치마와 저고리를 입고 나를 애처롭게 바라보던 젊은 한 여자가 떠오르기는 해요. '엄마' 그 여자를 그렇게 불렀던 것 같습니다.

이치로   (소리만) 하나! 둘! 하나! 둘!

이치로의 소리에 맞춰 태수가 벌을 서듯 바닥에 머리를 박고 있다가 일어나기를 반복한다.
태수, 마치 구보를 하듯 걸으며.

태수   잘못을 하면 매를 맞습니다. 벌을 받기도 하죠. 가장 큰 죄는 탈출입니다. 그런 놈들은 살이 찢기도록 매를 맞고는 했습니다. 하지만 그것보다 더 무서운 형벌이 있었습니다. 바로 밥입니다. 먹을 게 없다는 게, 그래서 죽어야 한다는 게 원생들에게는 가장 무서운 형벌이었습니다.

굶주림은 눈빛부터 변하게 만들었습니다. 초점 없는 눈빛으로 하루를 견디다가도 무언가 먹을 것이 던져지면 광기를 내며 빛을 냅니다. 저마다의 위장에 무언가 집어넣기 위해 난폭한 짐승이 되는 거죠.

태수가 스스로의 뺨을 연거푸 여러 번 때린다.
다시 구보를 시작한다.

태수 저는 죄를 지었습니다. 그래서 여기에 끌려왔죠. 옆자리에 누워 잠을 자는 수백 명의 다른 원생들처럼. 앵벌이로 자라 소매치기가 되었습니다. 신사분들과 숙녀분들의 주머니를 털었죠. 그것은 당연한 저의 인생이었습니다.
그게 죄라는 걸 여기 와서야 알았습니다. 여기 이곳 선감학원에 오고서. 우린 다 그랬거든요. 큰놈이와 작은놈이, 돌쇠, 장군이. 우리는 한데서 자고, 구걸하거나 훔쳐서 배를 채우고, 어머니가 나를 버린 기차역은 우리 집이고, 놀이터고 일터였어요.
그러니까 지나는 신사분들, 숙녀분들의 주머니가 저희에게는 그냥 공장이고, 가게고, 학교고, 일터였던 겁니다. 우린 역 앞에 버려진 고아였고, 살기 위해 뭐라도 해야 했으니까요. 신사숙녀분들이 주머니를 터는 건 그중에서도 가장 똑똑한 녀석들이 할 수 있는 일이었습니다. 구걸이나 앵벌이가 훨씬 쉬웠죠.

엎드려뻗쳐를 했다가 누가 발로 차기라도 하는 듯 쓰러졌다 다시
일어나기를 반복한다.

태수   그래도 그때는 이틀에 한 번씩은 제대로 된 밥을 먹었습
니다. 훔친 것들이지만 그걸로 밀가루 풀빵이라도 살 수
있었으니까요. 하지만 선감학원에선⋯ (몸을 웅크려 몹시 맞
고 있는 듯 고통스러워하다가⋯ 태도가 바뀐다) 배는 고팠지만, 매
는 맞았지만 선감학원에선 인간다움에 대해 배웠습니다.
(무릎을 꿇고 바르게 앉는다) 참된 인간이 어떻게 해야 하는지.
그렇게 하지 못 할 때 얼마나 짐승으로 추락하는지. 우리
는 다시 태어나야 합니다. 진정한 인간으로. 인간다운 인
간으로. 품격 있는 인간으로. 대일본제국의 신민으로!

죄인처럼 꿇어 앉아 있는 소년을 앞에 두고 앉아있는 마츠모토
미노루와 마츠모토 유리코, 이치로의 모습이 번개 불빛에 반사되
어 번쩍인다.

2

무대 밝아지면 아직 어둠 속이다. 번개 불빛에만 간간히 보이는 실루엣 속에서 유리코의 모습이 안 보인다. 다시 번쩍하면 소년의 모습도 보이지 않는다. 서로를 마주보고 앉아있는 미노루와 이치로.

미노루　초는 아직 멀었나?

유리코　지금 찾고 있어요.

미노루　찔레꽃으로 온 집안을 꾸미기 전에 초부터 구해놓으라고. 유리코는 찔레꽃하면 환장을 한다네. 대문이며 담장에 다 넝쿨을 올렸어.

이치로　넝쿨까지. 그걸 다듬는데 애를 많이 쓰시겠습니다.

유리코　좋아서 하는 일인데요. 뭐. 이치로 씨가 하는 일과 다를 바 없어요.

이치로　겸양의 말씀이시죠. 제멋대로 넝쿨을 뻗는 식물을 관리하는 건 힘든 일입니다.

유리코　그래도 보람이 있어요.

사이.

미노루　초를 대체 어디에 둔 거야? 이 빗속에 전기까지 나가다니

속수무책이군.

이치로　반도에서는 흔한 일이지 않습니까?

미노루　아직 많은 것들이 열악해. 오늘 같은 날 원생들은 괜찮은 건가?

이치로　빗물에 더러운 몸이라도 씻고 있을 테니 감사한 날이죠.

미노루와 이치로가 죽이 맞아 웃는다.

유리코　초를 찾았어요. 여기 이렇게 쌓아놓은 걸 모르고.

유리코가 촛불을 가지고 다가온다.
불빛에 드러나는 인물들의 모습이 조금은 기괴하게 느껴진다.
미노루, 이치로, 유리코의 모습이 보이고, 그리고 어두운 바닥에
엎드리다시피 꿇어 앉아 있는 소년 태수의 모습이 보인다.

유리코　정말 얼마나 놀랐던지 몰라요. 료코가 그 시간에 바다에 있다니, 꽃구경이 늦어져서 노을이나 보고 있나 그랬거든요. 이 섬은 노을하고 찔레꽃이 정말 끝내주니까. 우리가 모르는 사이에 그런 사고를 당하다니 상상할 수도 없던 일이에요.

미노루　료코는?

유리코　겨우 잠들었어요. 얼굴이 얼마나 가엾던지.

미노루　가엾기는 제 잘못을 생각해야지.

유리코	저라고 그럴 줄 알았겠어요?
이치로	맞습니다. 설마 그런 일을 당하리라고는 미처 생각 못 하셨을 겁니다. 바닷물은 항상 위험이 도사리고 있는 곳인데,
미노루	하셨다니 아직 아이일 뿐일세. 경어가 과하구만. 집안일로 이렇게 부르고 면목이 없네. 정신을 차리면 내가 따끔하게 야단을 치도록 하겠네.
이치로	아닙니다. 야단까지야,
미노루	자네는 여자들에게 너무 관대해.
유리코	우리 료코에 대한 애정 때문 아니겠어요.
이치로	아닙니다. 아닙니다.
유리코	부끄러워 할 거 없어요.

웃는 세 사람.

유리코	그런데 우리 료코 어떤 모습에 반했을까 이치로 씨는?
이치로	아, 그게… 저….
미노루	반하기는 무슨 어린애한테,
이치로	아가씨가 낭독을 하시는 모습이….

이치로의 회상.
무대 한 편으로 책을 들고 낭송을 하며 지나가는 료코의 아름다운 모습이 보인다.

료코 (무대 정면에 서서 이치로를 바라보며) 나는 진정, 내 안에서 솟아 나오려는 것, 그것을 살아보려 했다. 왜 그것이 그토록 어려웠을까. (이치로에게서 시선을 빼고 걸으며) 한 세계는 아버지의 집이었다. 그러나 이 세계는 비좁아서 그곳에는 오직 부모님만이 살고 있었다. 내게 너무도 익숙한 어머니와 아버지라는 이름의 세계는 사랑과 엄격함, 모범과… 한편 또 다른 세계가 이미 우리 집 한복판에서 시작되고 있었는데, 이것은 완전히 다른 세계였다. 냄새도 달랐고, 말투도 달랐고, 기대하고 요구하는 것도 달랐다. (교묘하게 어둠 속 태수를 바라보며 나간다)

료코 사라지면.

유리코 어머나 그게 언제였더라.

이치로 지난겨울에. (수줍게 얼굴이 붉어진다)

유리코 아, 맞다. 그랬었죠. 그때 무슨 책이었더라. 아주 유명한 소설가라고.

미노루 외국 문학을 지나치게 신봉하는 것도 문제가 있어.

유리코 아, 생각났다. 헤르만 헤세의 데미안. 료코가 참 좋아해요. (이치로에게 호감어린 눈빛으로) 우리 료코가 그날 낭독을 했었죠. 그걸 다 기억하다니… 고마워라.

이치로 아, 이거 부끄럽습니다.

유리코 부끄럽다뇨. 자연스러운 일이죠. 참 고맙네. 역시 둘은 참

잘 어울려요. 일본으로 돌아가면 우리 료코와 함께 학업을 이어간다면 더할 나위 없겠어요.

미노루　무슨 헛소리야?

유리코　이치로 씨가 기꺼이 그런다고 했어요. 난 료코의 남편이 팔이나 다리가 하나 없는 건 괜찮아요. 하지만 배움과 교양은 넘치는 사람이면 좋겠어요.

미노루　쓸데없는 소리는… 신경쓰지 말게.

이치로　아닙니다. 실은 저도 일본에 돌아가면 료코 아가씨와 함께 배움을 이어가기를 바라고 있습니다.

유리코　정말 좋으네요. (테이블 위의 차를 권하며) 어서 들어요.

이치로　네. 고맙습니다.

사이.

미노루　오늘 료코의 행동은 정말 경솔했어. 따끔하게 야단을 쳐야지. 잘못은 바로 잡아야 다시는 그런 일을 안 한다네. 해질녘에 물에 들어가다니. 거기다 비까지 오는데.

유리코　너무나 갑작스러운 비였어요. 아마 물속에 들어가고 나서 비가 왔을 거예요.

이치로　원감님 말씀처럼 아직 어리니까요. 아니 젊다고 할까? 젊음이란 그렇게 무모한 것이죠.

미노루　그게 면죄부가 될 수는 없다네. 원칙을 지키는 게 곧 안전을 확보하는 방법이니까. 이 점은 선감학원에서도 꼭 지

켜졌으면 하네.

이치로   예, 알겠습니다.

목에 뭐가 걸린 듯 이상한 소리를 내는 태수, 그제야 관객들은 태수의 존재를 알아볼 수 있다.

유리코   아, 어쩌면 좋아. 우리 저 친구를 깜박 잊고 있었잖아요. 배가 고픈 모양이에요. 배를 움켜쥔 걸 보니, 조금만 기다려요. 내가 먹을 걸 좀 해올게.

유리코가 주방으로 들어간다.

미노루   어떤 녀석인가?
이치로   567번? 이리 와!

소년은 마치 짐승처럼 기어서 그들 곁으로 온다.

미노루   567번이라고? 창씨개명은 안 한 건가?
이치로   번호로 부르는 게 편해서, 이제는 다 번호로 부르고 있습니다.
미노루   수감된 지 얼마나 되었나?

소년은 말을 못하고 여기 저기 두리번거리기만 한다.

이치로	3년째입니다. 선감원이 설립된 초기에 들어왔죠.
미노루	왜 제 입으로 말을 못해?
이치로	직원들을 똑바로 쳐다보지 못하도록 교육을 받아서. 어른께 말대꾸를 하는 것도 전혀 경험하지 못한 일이라.
미노루	자네가 없었다면 아무것도 알 수 없을 뻔했군.

이치로가 소년을 매서운 눈빛으로 바라본다.

바짝 움츠러드는 소년.

미노루	하여튼 이번엔 567번이 아주 훌륭한 일을 했어. 그렇지 않은가?
이치로	마땅히 해야 할 일을 했을 뿐입니다.
미노루	아무나 할 수 없는 일일세. 우린 모두 이 바다를 알고 있지 않은가? 선감원생이 사람을 구하다니… 상을 줘야겠어.
이치로	모두가 원감님의 올바른 지도와 교육 때문입니다.

그 말을 알아듣는 듯,

태수	감사합니다. 아버지.
유리코	아버지?
이치로	원생들이 원감님을 아버지처럼 따르도록 하기 위해 그렇게 부르게 하고 있습니다.
유리코	아….

유리코가 태수 앞에 음식을 내려놓는다.

유리코   어서 먹어요. 얼마나 고마운지 몰라. 그 무서운 파도 속에
          서 우리 료코를 구해주다니…. (소년을 사랑스럽게 바라본다)

태수   감사합니다. 어머니!

유리코   아, 내게는 그렇게까지 안 해도 돼요. 뭔가 좀 어색하네.

화기애애하게 웃는 사람들. 태수만 웃지 못한다.

미노루   당신이 존경해 마지않는 도메오카 코오스케의 감화 교육
          에서 따온 거지.

유리코   아, 그래요. '홋카이도 가정학교'를 만드신 분이죠. 당신과
          이치로 씨가 선감원을 그런 훌륭한 곳으로 운영하고 있다
          면 정말 자랑스러울 거예요.

이치로   (고개 숙여 인사하며) 노력하고 있습니다.

유리코   도메오카 코오스케는 무엇보다 노동의 순기능을 강조했
          어요. 땀 흘려 일하는 그 과정에서 삶의 기쁨을 느끼고 갱
          생을 하게 된다고.

이치로   정말 사모님의 식견이 해박하시네요. 저희 선감원에서도
          그래서 오후에는 늘 노동을 실천하고 있습니다.

유리코   불량 청소년들은 미워해야할 존재가 아니라 부모의 사
          랑을 받지 못한 안타까운 존재라고 했어요. 교사는 정
          원사와 같아서 불량청소년을 식물을 대하듯이 편견 없

이 대해야 한다구요. 고구마나 감자에게 불량이라는 편견은 불필요한 것이잖아요. (자신의 식견이 스스로도 자랑스러워 웃으며) 물론 다 도메오카 코오스케 님의 책에서 읽은 내용이랍니다.

미노루 누가 들으면 당신이 선감학원 교사라도 되는 줄 알겠어.

유리코 아, 선감원 원감님과 감독관님 앞에서 내가 좀 지나쳤나 봐요.

음식을 바라만 보고 군침을 흘리는 태수. 뭔가를 기다리는 눈치다. 알아챈 이치로,

이치로 567번 먹어도 좋아. 원감님과 사모님의 선물이시다.

태수 고맙습니다. 아버지, 어머니.

소년은 바닥에 놓인 음식을 젓가락도 필요 없이 게걸스레 손으로 집어 먹는다.

유리코 아이고, 그러다 목에 걸릴라. 물도 먹어가면서 천천히 먹어요. 누가 안 쫓아온다니까.

이치로 식량이 부족해서 늘 굶주리다보니 선감원생들 모두가 버릇이 되어서… 사모님 보시기에 참 부끄럽습니다.

미노루 본능이지. 본능. 그걸 누가 모르겠나? 하지만 예의는 좀 가르치는 편이 좋겠군.

미노루의 한마디에 표정이 굳어지는 이치로.

이치로 567번! 우리 선감학원에서 그렇게 먹으라고 가르쳤나?
좀 더 인간답게 행동해라. 567번!

먹던 걸 멈추고 주눅이 들어 고개를 숙이는 태수.

이치로 황국의 신민답게 품위를 지켜.
태수 예.

바르게 앉아 절도 있게 음식을 먹으려고 애를 쓰는 태수.

유리코 (웃음을 터트린다) 놔두세요. 편하게 먹게. 손이야 씻으면 되
지. 오늘 얼마나 장한 일을 했는데. 이름이 뭐라구요?
이치로 567번.
유리코 이름을 안 부르고 번호를 불러요?
이치로 그렇습니다.
유리코 조선 이름이 있을 거 아니에요?

사이.

미노루 그게 왜 궁금한데? 조선은 이미 사라진 나라야.
유리코 어머, 여보! 사라지다니요. 여기가 바로 조선이잖아요.

미노루   아, 당신과 이런 정치 이야기를 해야 하다니… 내선일체,
        창씨개명을 왜 하는 거겠어? 조선 이름은 이제 의미가 없
        다는 말이야.

유리코   그렇다고 사람을 번호로 부른다는 게? 교도소나 다름없는
        거잖아요.

이치로   아, 그건 편의상 그런 것뿐입니다. 567번 이름이 뭐지? 조
        선 이름? 기억하지?

        눈치를 보는 태수, 대답해야할지 말지 망설인다.

미노루   괜찮다. 말해봐.

태수   (말을 하려) 기억나지 않습니다.

        미노루와 이치로가 큰 소리로 웃는다.

미노루   자기 이름을 다 까먹다니,

이치로   이제 번호가 더 익숙한 거죠. 그렇지? 567번.

        다시 웃는 사람들.

미노루   그래, 어떡하다가 료코를 구하게 됐나?

이치로   567번 그만 먹고 대답해. 낮에 무슨 일이 있었던 거야? 료
        코 아가씨를 어디서 보고 구하게 된 거냐?

태수 (손으로 쓱 입 주위를 닦고) 물속에서 위 아래로 허우적거리는 게 보여서… 바다에 뛰어 들어서 머리를 (손으로 휘감는 시늉을 하며) 이렇게 잡고 헤엄쳐 나왔어요. (눈치를 보면서) 가슴을 이렇게 막 누르고 (인공호흡 하듯이) 입에다 이렇게 이렇게 숨을 불어 넣었더니, 컥컥 (물을 토하듯이) 하고 숨을 쉬었어요.

태수의 말을 듣는 이치로의 얼굴이 울그락불그락 한다.

유리코 우리 료코를 살려주어 정말 고마워요.

태수에게 고개를 숙이는 유리코.

이치로 당연히 할 일을 한 거뿐인데 이렇게까지 하실 필요 없으십니다.
유리코 사람의 생명을 구했어요. 우리 딸 료코를. 료코를 잃었다면 생각만 해도 끔찍해요.
미노루 그렇다고 너무 호들갑 떨 필요는 없어.
이치로 맞습니다. 당연한 일을 했을 뿐입니다.
유리코 그래도 난 너무 감사하네요.

그때 방에서 료코의 목소리가 들려온다.
사람들이 료코의 소리에 귀를 기울인다.

태수도 료코의 방을 돌아본다.

료코   엄마! 엄마!

미노루   료코가 깨어났나?

이치로   정말 다행입니다.

유리코   제가 어서 가보도록 할게요. 이치로 씨 조금만 기다려줘
요. 료코가 회복한 얼굴도 보고 가셔야죠.

얼굴이 붉어지는 이치로.

이치로   예, 사모님!

료코   엄마! 엄마!

유리코   간다. 가고 있어!

유리코가 안으로 들어간다.
사람들의 흥미가 방 안쪽으로 향하자 다시 게걸스레 먹기 시작하
는 소년.

이치로   567번!

움츠러드는 소년. 손을 사용해 조금 천천히 먹는 태수.

미노루   잠시라도 주의를 주지 않으면 다시 짐승처럼 구는군… 하

긴 태생이 어디 가는 게 아니지. 그런 면에서 이치로 군의
집안은….

불편한 기색이 역력한 이치로.

미노루 아버님의 노력이 가상하시지. 물지게를 매던 지게꾼으로
시작해서 번듯하게 집안을 일으키셨지. 대체 누는 새수로
그런 일이 가능했나?

이치로 (얼굴이 붉어지며) 잘 모르겠습니다.

미노루 누구는 국가를 위해 총을 메고 전쟁터에 나가고, 누구는
전쟁터에 나가는 군인에게 물건을 팔지.

이치로 네?

미노루 떠도는 소문에 말일세. 군수물자 조달로 큰돈을 벌었다고
자네 아버님이.

이치로 아… (어색하게 웃는다) 아버지는.

미노루 별 뜻이 없네. 인도네시아다 사이판이다 일본군들이 가서
싸우다 죽는 병사들이 안타까운 거지. 스스로의 힘으로
인생을 바꾼 사람은 존경의 대상이야.

이치로 (얼굴이 굳어지며) 고맙습니다.

미노루 오해하지 말게. 난 진심으로 자네 아버님을 존경하네. 자
네를 좋아하고. 애초에 천박한 조선인 부랑아와는 비할
바가 아니지. 그러니 료코의 혼처로까지 생각하는 거 아
닌가.

이치로 고맙습니다.

미노루와 이치로가 서로를 보며 웃는다.
료코가 유리코의 부축을 받으며 걸어 나온다.
이치로 일어서서 료코를 맞는다.

이치로 괜찮으십니까? 아가씨!
미노루 누워있게 하지 않고 왜 데리고 나오는 거야?
유리코 의사선생님이 괜찮다고 그랬잖아요.
료코 (소년의 모습을 보고 놀란다) 어머, 깜짝이야. (놀란 가슴을 쓸어내리며) 그런데 왜 저기서 밥을 먹어요?

모두가 자기를 집중해 보자 고개를 푹 숙이는 소년.
웅크린 짐승 같은 모양새다.

유리코 저기가 편하다는구나. (호들갑스레 웃으며) 식탁을 써본 적이 없대.
이치로 학원은 워낙 수감생이 많아서 말입니다.
료코 그래도 이건 예의가 아니잖아요.

침묵.

유리코 그래. 오늘… 이름이, 아니 번호가 뭐라고 그랬죠?

이치로   567번입니다.

유리코   (번호를 옮기기를 곤란해 하며) 아, 그래 저 친구가 아주 훌륭한 선행을 했는데 우리가 좀 너무했지?

미노루   사람은 다 자기 분수를 알아야하는 거야.

료코   절 구해줬어요.

유리코   그래. 그랬지. 그래서 아버지께서 큰 상을 내리실 거란다. 아버지가 신감학원의 원감님이시잖니.

료코   (미노루에게) 무슨 상을 주실 건데요?

미노루   니가 왜 그게 궁금한 거냐?

료코   제 목숨을 구한 대가로 뭘 받는지 궁금해서요. 아니, 내 목숨 값이 얼마나 되는지 궁금하다고 해야 할까요?

유리코   료코!

사이.

미노루   넌 그런 걸 물을 자격이 없어. 니 경솔한 행동으로 다른 사람이 위험에 처하고, 부모를 걱정시키고. 이치로 군까지 예정에 없던 야간근무를 하고 있잖아.

사이.

료코   그래서 무슨 상을 내리시는데요?

유리코   료코!

미노루　　어서 니 방으로 들어가라 료코.

침묵 속에서 눈치를 보는 이치로.
눈치를 보며 음식을 입에 가져가는 태수.
미노루를 노려보는 료코.

미노루　　상은 이치로에게 내릴 거다. 선감원 수강생 교육에 힘 쓴
　　　　　공로를 인정해서.

료코　　　나를 바닷물 속에서 구한 건 이치로 씨가 아니에요.

미노루　　생떼 부리지 말고 어서 들어가!

료코　　　상을 주려거든 저 아이에게 주라구요.

이치로　　선감원생은, 조선인은 그럴 자격이 없….

료코　　　아, 그래서 이치로 씨는 무슨 상을 받으시는데요? 료코와
　　　　　의 결혼식 날짜라도 약속 받으시나요? 저에겐 한 마디 상
　　　　　의도 안하시고요?

미노루　　(화가 나서) 료코!

유리코　　여보! 손님이 와 있어요.

미노루　　건방진 것! 니가 오늘밤 얼마나 많은 사람에게 피해를 줬
　　　　　는지 몰라? 그런 일을 저지르고도 반성의 기색이란 하나
　　　　　도 없고. 생떼나 쓰고 있다니.

료코가 뭐라고 대꾸하려는 걸 유리코가 필사적으로 말리며 방으
로 데리고 들어간다.

사이.

불편하고 어색해서 눈치를 보며 일어서는 이치로.

이치로　　저는 그만 저 녀석을 데리고 돌아가 보겠습니다.

미노루　　그러는 게 좋겠군.

이치로　　(태수에게) 567번, 그만 가자!

음식을 두 주먹에 쥐고 엉거주춤 일어서는 태수.

돌아서 가려던 이치로가 돌아선다.

이치로　　원감님, 실례지만 아가씨의 말에도 일리가 있는 것 같습
니다. 아가씨를 물속에서 건져내 숨을 돌린 것은 이 녀석
이니까요. 생명의 은인인데 잘 대해줘야 아가씨는 자신을
귀하게 여긴다고 생각할 수도…, 제가 주제넘었다면 용서
하십시오.

이치로, 다시 돌아선다.

미노루　　567번!

이치로와 태수가 돌아선다.

미노루　　원하는 게 뭐냐? 그게 뭐든 들어주도록 하지. 내 딸의 목

숨을 구해줘서 고맙다. 그 보답으로 원하는 게 있나?

머뭇거리고 있는 태수를 이치로가 쿡 찌른다.

미노루   난 인내심이 많지 않아. 어서 말해 봐라.
이치로   어서 말해. 567번.

태수가 천진스레 웃으며 손에 쥔 음식을 입에 한 아름 집어넣고
는 우적우적 씹는다.
어둠.

3.

다음날 오후.

무대 밝아지면 테이블을 사이에 두고 서먹하게 앉아 있는 태수와
료코.

뭔가 말을 하려다 눈이 마주치자 입을 닫는 두 사람.

료코 고맙다는 말을… 하고 싶었어.

태수 고맙습니다.

료코 아니, 니가 아니라… 내가 고맙지… 니가 나를 구해줬
잖아.

태수 고맙습니다.

태수를 위한 옷을 가지고 온 유리코.

유리코 집에 마땅한 남자애 옷이라곤… 잘 맞을까 모르겠네. (태수
에게) 갈아입고 나올래?

태수, 옷을 받아들고 어색하고 구부정해서 안쪽 방으로 들어간다.

유리코 참 순수하지?… 어린애 같잖아.

료코 그런가?

유리코	신기하게도 잘 믿기지가 않아. 부랑아에 범죄자였다니,
료코	범죄자?
유리코	배가 고파서 물건을 훔쳤다지. 그래서 붙잡혀왔고.
료코	완전 장발장이네. 소설 얘기에요. 빵 한 조각을 훔쳤다가 19년을 감옥에서 살아야했던 죄수 이야기.
유리코	얘는 그렇게까지야. 난 그저 아버지의 교육이 성과가 있으면 좋겠어. 아니 저애가 성과라고도 볼 수 있겠다. 도둑질을 했었지만 이제는 타인의 생명을 구하기 위해 위험도 무릅쓰게 되었으니까.
료코	엄마는 너무 감동하는 것 같아. 잘 알지도 못하면서.
유리코	넌 너무 까칠해. 아무리 니가 사춘기라도. 그리고 아무리 이치로 씨가 마음에 들지 않는다고 해도 너무 노골적으로 표현하고 있어. 그건 예의가 아니잖아.
료코	그 사람한테 시집가게 될까봐 무서운데도.
유리코	오, 료코, 결혼은 두려운 게 아니란다.

그때 쑥스러워하며 태수가 나온다.
새 옷을 입고 말끔해 보이니 무척 좋은 인상이다.

태수	어머니, 고맙습니다.
유리코	(하하 웃으며) 어머 정말 잘 어울린다. 사내아이에게 어머니라니 그것도 감격스럽고. 이제 식사 예절만 익히면 신사라고 해도 믿겠어.

료코   엄마, 그만 좀 해요.

유리코   왜? 좋은 건 좋다고 해야지. 그렇지?

태수   고맙습니다. 정말 고맙습니다.

유리코   인사도 잘하네. 그렇지? 료코. 이걸 보고 누가 선감원생이
라고 보겠니?

태수, 삼시 멈칫한다.

료코   엄마? 그런 말은 좀….

태수, 반사적으로 부동자세를 하고 황국신민서사를 외운다.

태수   하나. 우리들은 대일본 제국의 신민(臣民)입니다.
하나. 우리들은 마음을 합하여 천황 폐하에게 충의를 다
합니다.
하나. 우리들은 인고단련(忍苦鍛鍊)하고 훌륭하고 강한 국
민이 되겠습니다.

태수의 태도에 얼어붙는 유리코와 료코.
태수는 여전히 부동자세를 하고 선서를 하듯 한 손을 들어 올리
고 있다.

유리코   아, 나는… 이제… 식사 준비를 해야겠다. 너흰… (생각나지

않는다) 너흰 ….

료코　책 보고 있을게요.

유리코　료코, 이 친구에게 책이라니, 먹을 거라면 몰라도.

료코　책도 먹을 거예요. 마음의 양식.

유리코　그것도 먹어본 사람이 먹는 거야. 아, (태수에게) 이제 손은 내려도 될 거 같아.

그제야 손을 내리는 태수. 유리코가 주방으로 간다.

료코　올라가자! 아니 내가 책을 가지고 올까?

태수　책?

료코　응. 책. 너도 책을 읽어는 봤지?

태수　황국 신민이 되기 위해 읽었다. (다시 황국신민서사를 외운다) 하나, 우리들은 대 일본제국의 신민(臣民)입니다.

료코　그만!

하지만 태수는 계속 황국신민서사를 외운다.

태수　하나. 우리들은 마음을 합하여 천황 폐하에게 충의를 다합니다.

하나. 우리들은 인고단련(忍苦鍛鍊)하고 훌륭하고 강한 국민이 되겠습니다.

료코, 큰 충격을 받은 모습으로 태수를 바라본다.

태수는 견고한 태도로 경직된 채 서 있다. 진실로 강한 신민이 되겠다는 듯이.

4.

2일 뒤.

책상 앞에 함께 앉은 료코과 태수.

료코 읽는 건 내가 할 거야. 넌 듣기만 하면 돼. 왜 싫다는 거야?

태수 안 돼. 안 돼. 이 책은 안 돼. 이런 건 쓰레기야. 당장 갖다
버려.

료코가 가져온 책을 다 밀쳐 버리는 태수.

료코 (당황하고 화가 나서) 어떻게 이럴 수가 있어? 책을 왜 버려?
얼마나 좋은 책들인데.

책을 들여 놓는 료코, 다시 채뜨리는 태수.

태수 쓰레기!

료코 (버럭) 쓰레기 아니야. 이건 마음의 양식이야!

태수 이런 책은 머리에 똥만 채운다고. 똥만! (책들을 바닥에 집어
던진다)

료코 (비명 같은) 안 돼! 그만둬!

사이.

그제야 자신이 뭔가 잘못하고 있다는 걸 깨달은 태수.

료코　(눈물이 글썽하여 망가지고 찢긴 책들을 주워 털며) 내 소중한 책
　　　들이라고.

태수　미… 미안해.

료코　대체 왜 이 책들이 똥이라는 거야?

태수　황국신민교과서가 아닌 책은 다 똥이야.

료코　대체 누가 그래?

태수　아버지!

료코　우리 아버지를 말하는 거야?

태수　그리고 이치로 씨. 교관들. 모두가 그래.

료코　엉터리들! 정말 참을 수가 없어.

사이.

태수　하나. 우리들은 대일본 제국의 신민(臣民)입니다.
　　　하나. 우리들은 마음을 합하여 천황 폐하에게 충의를 다
　　　합니다.

료코　그만! 그만! 그만! 제발 그것 좀 외지 마!

태수　(당황하여 자신의 머리를 손바닥으로 막 두드리며) 이 짐승 같은
　　　놈! 짐승만도 못해. 짐승!

자해하는 태수를 두렵게 바라보는 료코.

료코   그만해! 그만해!

멈추는 태수.

태수   미안합니다. 미안합니다. 미안합니다.

사이.
태수를 보며 생각이 많아지는 료코.
한동안 깊이 생각하더니.

료코   넌 짐승이 아니야. 인간이야. 존중 받고 사랑받아야 할 인간.

태수   아니야. 난 짐승이야. 짐승. 죄인, 죄가 많아. 더러워!

조심스럽게 태수에게 다가가 흐느끼는 어깨에 떨리는 손을 올리는 료코.

료코   날 때부터 악한 사람은 없어. 날 때부터 죄인은 없어. 날 때부터 짐승인 사람은 없어. (책을 한 권 들어 올려 한 팔에 끼고는) 내가 이 책으로 널 회복시키겠어.

료코가 태수에게 손을 내민다.

고개를 들어 료코와 눈을 맞추는 태수, 료코의 손을 맞잡는다.

5.

3일 뒤, 집 밖의 벤치에 소년 태수와 료코가 앉아 있다. 집의 1층
과 2층에서 그들을 바라보는 유리코와 미노루의 시선이 장면이
진행되는 동안 간간히 노출된다.

료코 말해줄래? 선감학원에 대해. 나도 아버지를 따라 가 본 적
이 있어.

태수 어땠는데?

료코 휴일이어서… 그냥 좀 신기하다는 생각뿐이었어.

태수가 막대로 봉긋하게 쌓아올린 모래더미를 두들긴다.

태수 신기하다. 신기해… 신기하다. 신기해! (얼굴을 들이밀며) 내
가 신기하게 생겼어?

당황하는 료코.

료코 아니 그냥… 이해하고 싶은 거야. 커 간다는 건, 그러니
까 성숙해진다는 건, 나와 다른 존재를 이해해 가는 거랬
어… 난 성숙한 인간이 되고 싶거든.

태수 아, 넌 성숙한 인간이 되고 싶구나… 그런데 누가 그랬어?

료코　책에서 봤어… 책이란 그런 거야. 말로 할 수 없는 지혜를 담고 있지.

태수　지혜?

료코　응. 지혜. 살아가는 이치!

태수　책을 불쏘시개로 쓴 적이 있어. 옛날에. 선감원에 오기 전에… 정말 잘 타. 특히 기름 먹인 종이를 태울 때면 고소한 냄새도 난다. 먹고 싶어 군침이 돌 정도야. (웃는다) … 불길이 옮겨 붙어서 종이가 오그라들면서 타는 게 좋았어. 불길 따라 글자들이 막 살아 움직이는 것 같아… 살겠다고. 살고 싶다고.

　　　사이.

료코　그런데 왜 선감학원에 가게 된 거야?

태수　너 이치로 씨 같다. 꼬치꼬치 캐묻는 게.

료코　이치로 씨?

태수　개새끼!… 그 새끼는 아버지라고 부르기 싫어.

료코　그 사람이 왜?

　　　태수, 뭔가를 말하려다 고개를 젓는다.

료코　왜? 말해줘.

태수　이치로 선생님은 최고로 훌륭한 황국의 신민이십니다. 아가씨!

료코   왜 그렇게 말해? 난 아가씨가 아니야. 니 친구야.

사이.

태수   황국의 신민. 그게 뭐야? 넌 신민이야? 넌 일본인이니까 신민이야. 그렇지? 그런데 이상해. 난 조선인인데 황국의 신민이 되래. 신민이 되기 위해 이름도 바꾸고, 좆나게… (료코를 빤히 바라보다가) 대가를 치러야 해.

료코   이치로가 왜 개새끼냐구?

태수   이치로는 뛰어난 지성과 육체를 겸비한 황국의 신민입니다. 아가씨!

그를 매우 낯설게 바라보는 료코.

태수   이치로는 (자신의 얼굴을 때리며) 때리고, 짓밟고, 굶기고, 발길질하고, 그리고 (료코의 얼굴을 바라보며) 그리고.

료코   그리고 뭐?

태수   (고개를 휙 돌리며) 그 새끼는 악마야.

료코   뭐라고?

태수   쉿! 어머니가 본다.

내려다보는 유리코와 눈이 마주치자 천진하게 웃는 태수.

아직 충격적인 얼굴을 감추지 못하는 료코.

태수 배고파! 배고파! 어머니의 요리는 정말 맛있어. 매실조림
도. 고기반찬도 있고. (웃는다) 돌아가면 녀석들에게 말해줘
야지.

료코 선감학원에선 뭘 먹고 살았어? 아버지 말로는 급식이 잘
되어 아이들 기가 훌쩍 큰다고들 하던데.

태수 … 우리도 고기를 먹어. 아주 가끔. 날개달린 거 하고, 꼬
물꼬물한 것하고. 가끔… 아주 가끔!

료코 어?… 아, 닭을 먹은 거구나. 맛있지 닭고기.

태수 닭이 아냐. 그것보다 작아.

료코 그럼 새야? 비둘기? 갈매기? 참새?

태수 다리가 많아. 어두운 곳을 좋아하지. 막 돌아다니다가 사
람이 나타나면 사사삭 숨어.

료코 바퀴벌레? (찡그리며) 바퀴벌레도 날개가 있어?

태수 있어. 분명히 있어.

료코 그럼, 꼬물꼬물한 건 뭐야?

태수 얘기하면 니가 웩 웩 할텐데.

료코 뭔데?

태수 알고 싶어?

료코 응.

태수 음. 그건 아주 조그맣고 하얗고 통통해. 꼬물꼬물 몸을 막
이렇게 움직여서 앞으로도 가고, 위로도 가고, 그러다가

툭 떨어지기도 해.

료코   그게 뭐야?

태수   (재밌다는 듯이) 냄새를 좋아해. 지독한 냄새. 뭔가 썩은 거.
누군가 죽어서 냄새를 풍기면 어김없이 나타나지. 아, 똥
이 막 쌓여있는 변소에도 있어. 막 기어오르는 모습이 귀
여워.

료코   설마?

태수   배가 고프면 그거라도 막 주워 먹고 싶어지지. 하지만 난
한 번도 먹지 않았어.

료코   구더기를 말하는 거야?

태수   응. 447번 그 녀석은 그걸 먹으려다 변소에 빠졌어. (킥킥댄
다) 하지만 난 한 번도 안 먹었어.

료코가 웩웩댄다.

태수   거봐. 너도 웩웩. 왜냐하면 그 녀석들은 아기거든. 아기는
더 키워서 먹어야 돼!

료코   웩웩! 그만해!

태수   (안절부절 못하며) 아, 배고파! 배고파! 떠들었더니 더 배가
고프잖아. 오늘 점심은 뭐래?

사이.
료코가 속을 추스르고 나서.

료코　　　하지만 아직 안 돼! 우선 식사예절부터 배워야겠어. 아무
　　　　　리 배가 고파도 그렇게 손으로 쥐고 먹으면 안 돼. 젓가락
　　　　　을 써야지. 건강에도 안 좋고, 보기도 싫다고.

나뭇가지 2개로 젓가락질을 가르치는 료코.
어린애처럼 따라하는 태수.

2층에서 미노루에게 손수건을 챙겨주며 서 있던 유리코가 료코
와 태수를 본다.

유리코　　료코가 567번에게 젓가락질을 가르치네요. 즐거워 보여
　　　　　요. 마치 연인들처럼.

미노루　　무슨 헛소리야? 연인이라니. 저 따위 놈하고. 료코는 이치
　　　　　로와 약혼한 사이인데.

유리코　　내가 그런 말을 하다니… 아우 끔찍해라… 무지한 부랑아
　　　　　를 료코와. (도리질치며) 끔찍해!… (저도 모르게 태수를 바라보
　　　　　다) 그런데 567번. 점점 인물이 피고 있어요. 그날은 정말
　　　　　까맣고 더러웠는데… 씻겨 놓으니까 제법 사람 같아요.
　　　　　피부도 뽀얗고… 부랑아 주제에. 이제는 선감원생이라는
　　　　　걸 짐작조차 못 하겠어. 옷이 날개라더니,

미노루　　그래봐야 범죄자 새끼. 부랑아일 뿐이야. 도둑질하거나 아
　　　　　니면 구걸을 하지.

남편의 냉정함에 순간 정신을 차리는 유리코.

유리코   당신 말이 맞아요. 범죄자새끼! 하지만 얼굴에선 그걸 통 모르겠어.

미노루   (언성을 높이며) 얼굴이 아무리 해맑아도 저 녀석들은 범죄 자야. 부랑아. 거지. 남의 주머니나 터는… 착각하지 말라 고… 우리하고는 태생부터 달라. 그리고. 사람은 쉽게 변 하지 않아.

유리코   … 하지만 터무니없게도 저애가 우리 료코의 생명을 구했 어요.

미노루   그게 뭐?

유리코   그건 역시 당신과 이치로 씨의 감화 교육이 성과를 본 덕 일까요? 선감학원의 교육이 제대로 되고 있다는 증거요.

미노루   지나친 호들갑이야. 애초에 거긴 부랑자에 도둑놈, 강도, 그리고 살인미수범들이 득실대는 곳이야. 선감원을 무슨 학습원쯤으로 착각하면 안 돼. 료코에게 주의를 좀 줘. 저 녀석과 더 가까이 지내지 못하게.

유리코   알겠어요.

유리코, 남편의 구두를 가져온다.
먼지를 얼른 소맷자락으로 닦는다.

미노루   더러운 것으로 더러운 곳을 닦으면 어떻게 되겠나?

당황스런 유리코의 표정을 무시한 채 나가버리는 미노루.
멍한 상태인 유리코 뭔가 한방 맞은 거 같은데.

유리코   당신은 내 기분을 이렇게 망치기 위해 사는 사람 같아. 미
노루.

부들부들 떨고 있는 유리코.

료코   (아랫층에서) 엄마! 엄마!… 이것 봐요. 이제 젓가락질을 잘
해요… 아니 완벽하진 않지만… 그래도 잘 해냈어요.

상한 기분을 겨우 떨쳐내며 계단을 내려오는 유리코.

유리코   (큰 감흥 없이) 그거 다행이구나.
료코   이제는 손으로 막 게걸스레 먹지 않을 거예요. 그렇지?

태수가 고개를 끄덕인다.

유리코   이런 걸 해낼 수 있는 아이였구나.
료코   그래서 그러는데요. 벌써 배가 고프대요.
유리코   (경멸의 눈초리로 태수를 보는 유리코) 하긴, 너희들 나이엔 한참
먹어도 또 금세 배가 고플 나이지. 알았다. 조금만 기다려.

부엌으로 들어가는 유리코.
환호성을 올리는 태수.

료코   그럼, 엄마가 식사를 준비하시는 동안 내가 책을 읽어
             줄게.

             책에 집중하지 못하고 산만하게 움직이며 부엌에만 신경 쓰는
             태수.

료코   내가 제일 좋아하는 책의 한 구절이야. 새는 알에서 나오
             려고 투쟁한다. 알은 세계다. 태어나려고 하는 자는 한 세
             계를 깨뜨리지 않으면 안 된다. 새는 신에게 날아간다. 신
             의 이름은 아브락사스다.

             료코가 읽는 사이 음식을 차리는 유리코,
             음식에 벌름벌름 코를 들이대며 온통 식욕만이 가득한 태수. 책
             에는 전혀 관심이 없다.
             료코, 실망해서 툭 책을 덮는다.

료코   책을 안 좋아하는구나. 아니면 이 책이 마음이 안 드는
             건가?
태수   배고파! 난 배고파! 항상 그렇지만.
료코   그래. 배가 고프겠지. 니 머릿속엔 음식 냄새하고 배고파

란 단어 밖에는 없는 거야. 그렇지?

사이.
뭔가 말하려는 태수. 움찔하는 료코.

태수   나 배가 고파! (노래하듯) 배고파! 배고파! 배고파!

유리코   어서 와서 먹으렴. 그렇게 노래를 하는데 료코가 너무하
는 구나!

태수   (얼른 식탁으로 뛰어가서) 잘 먹겠습니다. 어머니!

손으로 집어 먹으려는 태수의 손을 딱 때리는 유리코.

유리코   문명인은 젓가락을 사용한단다.

태수   네! 료코에게 배웠습니다.

료코가 책을 들고 와 식탁에 앉는다.

유리코   먹고 놔두렴. (모자를 쓰며) 난 찔레꽃을 좀 손질해야겠다.
넝쿨이 너무 근사하더구나.

료코   근사하다면서 왜 그냥 놔두질 않는 거야?

유리코   뭐라고?

료코   찔레꽃 말이에요. 그냥 놔두면 되잖아.

유리코   그냥 놔두면 엉망이 되지. 다듬고 교정해야 더 아름다워

지는 거야.

료코 난 있는 그대로가 더 좋던데.

유리코 료코, 일본의 정원을 생각해보렴. 정원사의 솜씨가 얼마나 빛을 발하던지. 만물은 다 그래. 가꿔야 빛이 나지. 567번이 교정 받아야 하는 이유도 바로 그거야… 567번 많이 먹어!

태수 예.

인사를 하고 게걸스레 음식을 먹어 치우는 태수.
나가는 유리코. 불만스레 고개를 젓는 료코.

료코 널 번호로 부르는 게 정말 괜찮아?

태수 웅! 선감원에선 다들 그러는데 뭐! 어머니는 고마운 분이야. 나를 먹여주시고 또 재워주시고.

료코 으휴! 그저 배부르고 등 따시면 된다는 거야?

태수 다른 건 그 다음이지.

게걸스레 먹는 태수를 바라보다 제 몫까지 태수에게 주는 료코.

료코 이제 배가 불렀으면 이것도 들어봐. 이건 마음의 양식이니까. 새는 알에서 나오려고 투쟁한다. 알은 세계다. 태어나려고 하는 자는 한 세계를 깨뜨리지 않으면 안 된다. 새는 신에게 날아간다. 신의 이름은 아브락사스다.

태수	(입에 음식을 가득 물고) 왜 같은 부분만 읽는 거야? (먹고 나서 입을 팔로 쓱 닦으며) 그거밖에 몰라?
료코	아니! 그럴 리가. 이 구절을 특히 좋아하는 것뿐이야.
태수	무슨 얘긴데? 니가 좋아하는 그 책 데미안? 데미안이 뭐야? 사람 이름이야?
료코	(태수의 관심을 반기며) 응. 데미안은 사람 이름이야. 아주 잘생기고 키도 크고, 그런 미소년이야. 이 이야기는 싱클레어라는 한 소년이 데미안을 만나면서 진정한 어른이 되는 이야기야.
태수	씨발! 어른 따위가 왜 돼야 하는데?

사이.

놀라는 료코.

료코	왜 욕을 하지? 어른이 된다는 건 성장한다는 거야! 새가 되는 거지. 새는….
태수	… 알에서 나오려고 투쟁한다. 나도 알고 있어!
료코	(기뻐하며) 듣고 있었구나.
태수	귀는 달려 있으니까. 알은 세계다. 태어나려고 하는 자는 한 세계를 깨뜨리지 않으면 안 된다. 정말로 그렇게 생각해?
료코	물론이지. 새는 알을 깨고 나오니까. 그래야 날 수 있지.
태수	누군가 알을 훔쳤다면, 그 알들은 스스로 껍질을 깰 수 있

을까? 함부로 다루어지고 온기를 품어줄 따듯한 깃털 따위는 어디에도 없다면?

사이.

료코 그래도 껍질을 깨는 건 어린 새 스스로의 힘이야!

사이.

태수 그건 대개 무모하고 위험한 짓이야. 알은 깨어지기 쉽고 죽음도 다반사지. 따뜻한 어미새의 깃털 따위는 어디에도 없고, 세상 밖은 잔인하고 냉정하니까.

사이.

료코 하지만 알을 깨지 못한 새는 죽고 말아. 알을 깨고 나와야 비로소 날 수 있다고!

사이.
료코를 응시하는 태수.
태수에게서 이전과는 확연히 다른 분위기를 읽는 료코.

태수 담을 넘는 아이들이 있어. 선감원 담장을 넘어 바다까지

가지. 날이 맑은 날에는 육지가 보이잖아. 손에 닿을 듯 보이니까 헤엄쳐 건널 수 있을 줄 아는 거지. 하지만 매번 죽어서… 시신이 돼서 물가에 떠밀려 왔어. 젠장할. 운 좋게 살아왔을 땐 이치로의 매질이 기다리고 있지. 죽을 만큼 때리고는 독방에 처넣고 밥도 안 줘. 그러다 죽으면 병사. 살려달라고 울어도 보고 빌어도 보지만 절대로 그 문은 열리지 않아.

료코 아, 이치로 씨가?… 끔찍해. 정말로 그런 일이 일어나고 있단 말이야?

태수 다들 선감원에 왜 들어오게 됐느냐고 묻지. 하지만 우리가 미치도록 궁금한 게 뭔지 알아? 선감원을 어떻게 해야 나가게 되는지야.

료코 어떻게 해야 나갈 수 있어?

태수 (만세 하듯 두 손을 올리며) 천황폐하 만세! (손을 서서히 내리며) 황국의 신민이 되어 전쟁터로 가면… 아니면 죽어서 나가거나!

충격으로 자신의 입을 손으로 틀어막는 료코.

태수 그렇지 않고 알을 깨려는 자는 모두… (료코의 귀에 대고) 죽어!!

료코 왜 멍청한 척, 짐승인 척 한 거야? 너 사실 다 알고… 너 똑똑하잖아.

태수	그래야 살 수 있으니까. 똑똑한 척 하면 바로 표적이 돼. 저놈이 알을 깰 놈이구나. 금방 들키지.
료코	난 그런 줄도 모르고.
태수	그런데 대체 뭐가 알고 싶다는 거지? 넌. 이 짐승 같은 시간들이 왜 궁금해?
료코	니가 무서워졌어.
태수	살기 위해 멍청한 척 했을 뿐이야.
료코	이젠 나를 믿는다는 거야?

사이.

태수	다시 읽어줄래?
료코	새는 알에서 나오려고 투쟁한다. 알은 세계다. 태어나려고 하는 자는 한 세계를 깨뜨리지 않으면 안 된다.
태수	… (료코가 읽는 것과 운을 맞추어) 태어나려고 하는 자는 한 세계를 깨뜨리지 않으면 안 된다.내가 다시 태어날 수 있을까?

료코, 태수를 향해 고개를 끄덕인다.

태수	니 목소리는 자꾸 질문을 하게 만들어.
료코	누구에게? 어떤 질문?
태수	나 자신에게… 다시 읽어줄래?

료코   새는 알에서 나오려고 투쟁한다. 알은 세계다. 태어나려고
하는 자는 한 세계를 깨뜨리지 않으면 안 된다. 새는 신에
게 날아간다. 신의 이름은 아브락사스다.

료코의 목소리를 들으며 태수는 점점 감동받은 얼굴이 된다.
뭔지 모를 주체할 수 없는 감정이 북받쳐 올라
주르륵 눈물을 흘리는 태수,

태수   (한국말로) 강태수. 내 이름이야!
료코   태수?
태수   내 이름이 생각났어. 조선 이름. 진짜 내 이름. 강태수, 크
고 빼어나다는 뜻이야.

료코, 감격스런 얼굴로 태수를 바라본다.

6.

무대 밝아지면 서로 밀착한 채로 껴안듯이 앉아 책을 보고 있는
태수와 료코가 보인다.

료코 왜 나를 구해 줬어? 바다가 험해서 죽을 수도 있었다던
데….

태수 니가 거기 있었으니까. 파도에 흔들리면서.

료코 운명이라는 건가?

태수 … 책을 읽어줘! 니 목소리를 담아두게.

료코 어디에 담아둘 건데?

태수 (자신의 머리를 가리키며) 여기에! (가슴을 가리키며) 그리고 또
여기에!

료코가 태수의 입술에 쪽 입을 맞춘다.

당황하는 태수.

료코 아무일 없다는 듯 책을 소리 내어 읽기 시작한다.

료코 신의 이름은 아브락사스다. 이 이름은 그리스의 주문과
관련 있다고 보이는데, 야만족들이 믿고 있는 어떤 악마
의 이름이라고 한다. 그러나 더 정확하게는 신적인 것과
악마적인 것을 결합하는 상징 역할을 하는 신의 이름으로

볼 수 있다.

태수 뭐라고? 다시 읽어줄래? 그 신, 이상한 이름의 그 신에 대해 말이야.

료코 신적인 것과 악마적인 것을 결합한다. 신적인 것은 좋은 거야. 선한 거. 악마적인 것은 그 반대고. 그게 결합한다고 한몸으로. 그 신의 이름이 아브락사스.

태수 악마?

태수의 입에 키스하는 료코

료코 아브락사스!

이해할 수 없다는 표정의 태수를 료코가 따뜻하게 바라본다.
둘을 비추던 조명이 어두워지며, 교묘히 교차하는 빨간 불빛 두 개. 담뱃불이다. 마치 키스하는 태수와 료코를 보고 있었던 것처럼 심각한 표정으로 고개를 돌리는 두 사람, 미노루와 이치로다.

미노루 생각 잘 했네. 이제 모든 걸 제 자리에 돌려놓을 시간이야.

이치로 죄송합니다. 하필 그 녀석이 이런 말도 안 되는 소원을 빌 것이라고 생각을 못했습니다. 죄송합니다. 제 잘못입니다.

미노루 생각해보면 당연한 일 아닌가. 굶주린 아이가 바라는 것이 먹을 것 말고 또 뭐가 있겠나? 거기다 안락한 잠 자리까지.

이치로　　그래도 원감님 댁에 남게 해달라니, 정말 시건방진 녀석입니다. 좀도둑놈 주제에 말입니다.

미노루　　태생이란 변할 수 있는 게 아니지. 염치를 언제 배우기나 했겠나. 거리의 불량아가. 이제 모든 건 제자리로 돌아가야 해. 상이라고 쳐도 충분히 보상했고. 무엇보다 료코가 그 녀석과 가까이 지내는 게 눈에 거슬리네.

이치로, 분노를 겨우 숨긴다.
하지만 알아채는 미노루.

미노루　　그놈이 이제는 책도 읽더군. 곧 겸상이라도 할 태세라니까.

이치로　　이제 그 짐승을 있던 자리에 다시 갖다 놓겠습니다. 원감님. (품 안에 권총을 슬쩍 보여준다)

미노루　　자네는 항상 철저하군. 하지만 조심하게. 쓸데없는 피를 보는 건 원치 않아.

이치로　　명심하겠습니다.

미노루　　좋네. 어서 들어가지.

미노루와 이치로가 문 안쪽으로 들어간다.

미노루　　아내와 료코는 일본에서 붙인 짐을 들여오라고 해안으로 보냈네.

이치로　　현명하신 조처이십니다. 567번? 어디 있나? 567번!

긴장한 태도로 2층으로 올라가는 이치로.
료코의 방에서 책을 읽고 있는 준수한 태수의 모습에 이치로는
피가 거꾸로 솟는 것 같다. 총을 꺼내 당장에 겨눈다.

이치로　　일어서. 당장 그 책 내려놔!

총을 보자 얼른 책을 놓고 두 손을 올리는 태수.
이치로는 분이 풀리지 않는지 태수를 사정없이 두들겨 팬다.

이치로　　감히 니가 뭐라고… 료코 아가씨의 방에서 책을 훔쳐
　　　　　　읽어?
태수　　　훔친 것이 아닙니다. 료코가 읽어도 된다고 했습니다.
이치로　　(태수를 가격하며) 료코 아가씨라고 해야지.
　　　　　　나가! 당장!

태수를 데리고 2층에서 내려오는 이치로.

미노루　　시간이 많지 않네. 어서 데리고 가게. 여자들이 올 시간이
　　　　　　멀지 않았어.
이치로　　예, 알겠습니다.
태수　　　(미노루에게) 아버지, 저를 이 집에 있게 해 주신다고.

발로 태수를 걷어차는 이치로.

이치로　닥치지 못해!

태수　약속하셨지 않습니까?

미노루는 외면한다.

태수　그게 료코를 구한 상이라고?

이치로, 분풀이를 하듯 태수를 짓밟고 때린다.

이치로　그것 좀 그만 울거 먹어. 니가 무슨 공갈 협박범이야? 주
　　　　제를 알아야지. 넌 선감학원에서 개돼지처럼 구르던 짐승
　　　　일 뿐이야.

태수　아버지!

미노루　그렇게 부르지 못하게 해! 제발 좀! 어서 데리고 가게.

이치로　알겠습니다.

이치로가 태수를 끌고 나간다.

태수　아버지! 아버지!

이치로　닥쳐!

이치로에게 끌려 나가는 태수.

미노루 1층 창을 통해 밖을 내다본다.

미노루　　사람은 태생이 가장 중요해. 쉽게 변하지도 않고. 하물며 짐승일 바에야. 안 되지. 안 돼.

돌아서 집안을 둘러본다.

미노루　　소독을 해야겠군 그래. 저 거지같은 놈의 균들이 득실득 실해! 아버지라니… 듣기만 해도 소름이 끼쳐.

찌푸린 얼굴의 미노루.

어둠.

7.

밤. 뛰쳐나가려는 료코를 유리코가 붙든다. 다시 달아나는 료코
와 붙잡으려는 유리코 사이에 실랑이가 이어진다. 문 앞에 다다
른 료코. 문을 못으로 쳐 열릴 수 없게 해 놓았다는 걸 알고 경악
한다.

료코　　하아! 아버지는 정말!

유리코　다 널 위해서 그러시는 거야.

료코　　날 위해서 뭘요? 이렇게 가둬두는 게 날 위한 거예요?

유리코　그 아인 선감원 출신이야. 그 아이와 가까이 지내는 거 누
　　　　　가 봐도 우려할 일이야.

료코　　그 아이 덕분에 내가 살았어요. 그거 하나면 충분하지 않
　　　　　아요?

유리코　그걸 이용해서 먹을 것과 잠잘 곳을 요구했어. 영악한 녀
　　　　　석이야.

료코　　헛, 기가 막혀! 상을 주겠다고 떠벌린 게 누군데? 원하는
　　　　　걸 다 해주겠다고 한 거 아버지잖아요?

유리코　(버럭) 나도 싫었다!

료코　　엄마?

유리코　나도 니가 범죄자와 부랑아들이 있는 선감원, 그래 감화
　　　　　원이라고는 해도… 사람은 쉽게 변하는 존재가 아니니까.

아, 내가 무슨 말을 하고 있는 거야? 어쨌든 선감원 출신 남자애하고 가까워지는 게 싫었어. 딸 가진 부모라면 다 같은 마음이지.

료코   (절망적으로) 그리고 걔는 일본 사람도 아니죠.

사이.

유리코   죄를 저질렀어. 범죄자야.

료코   그 애가 전에 어땠는지 몰라도 나한테는 친절했어요. 그 바다, 밀물이 들 때면 위험하다고 했잖아요. 죽을지도 모른다고. 그 애도 그걸 알고 있었어요. 그런데도 날 구하겠다고 뛰어들었어요.

유리코   그건 고맙게 생각해!

료코   위선자.

유리코   뭐?

료코   고마운 사람을 다시 지옥 속으로 쳐 넣었어. 아무런 죄도 없는 사람을.

료코가 울면서 2층 계단으로 뛰어 올라간다.

유리코   료코. 내 말 좀 들어 봐.

료코   (계단을 오르다 중간에 멈춰 서서) 난 이치로가 정말 싫어! 이치로 역시 고귀한 집안 출신은 아니잖아요. 잔인하고 포악

한 사람들.

유리코   (날카롭게) 료코!

료코   죽어도 그런 사람하고는 결혼 안 해요!

료코, 문을 쾅 닫고 제 방에 들어간 버린다.

멍하니 바라보다 힘없이 소파로 와 앉는 유리코.

테이블에 놓인 찔레꽃 화병 앞으로 꼬물거리고 지나가는 벌레를

무심히 본다. 아무 생각 없이 버릇처럼 휴지를 집어 벌레를 눌러

죽인다.

다음 순간, 자신의 행동에 깜짝 놀라는 유리코.

유리코   어머나, 내가 무슨 짓을 한 거야?

벌레를 때려 죽이다니… 아무 죄 없는 애벌레를….

스스로 경악에 빠지는 유리코.

8.

깊은 밤, 해안가와 연결된 선감학원의 비밀 통로 앞. 태수와 료코.

료코   여기라면 널 만날 수도 있을 거라고 생각했어. 니가 날 구
해준 곳이잖아.

태수   나 같은 건 상관 마. 어서 집으로 돌아가. 여긴 지옥문이
야. 얼씬도 말라고.

료코   그냥 안부가 궁금했어.

태수   황송하게도 이놈의 안부가 궁금하셨습니까? 아가씨. 저
같은 부랑아에게까지 친절을 베푸시다니. 필요 없어. 제발
가버려!

료코, 태수의 팔을 붙잡아 세운다.
얼굴의 상처를 쓰다듬는다.

료코   무슨 일이 있었던 거야?

태수   (료코의 손을 뿌리치며) 즐거운 일은 아니지. 대가를 치러야
했어.

료코   대가?

태수   료코 아가씨, 왜 여기에 온 거야? 여긴 너 같은 애가 올 곳
이 아니야.

료코   나한테 왜 그래? 완전히 다른 사람 같잖아.

태수   그럼 내가 뭘 어떻게 해야 하는데? 조선인 주제에 황국, 아니 대일본제국의 부잣집 아가씨에게.

태수가 쪼그려 앉아 있는데 료코가 태수의 등을 만진다.
고통스러워 신음을 뱉는 태수.

료코   (태수의 등을 덮은 옷을 올려보고 울먹인다) 대체 무슨 일을 당한 거야?

찢긴 상처가 잔뜩 부풀어 오른 태수의 등.
료코는 눈물이 글썽하다.

료코   니가 무슨 잘못을 했다고.

태수   대가를 치렀다니까. 대가. 이치로가 아주 방방 뛰면서 채찍을 휘둘러 댔지.
        결국엔 날 죽일 거야.

료코   왜?

태수   갖은 평계를 다 만들어 내겠지. 조선인 부랑아 주제에 감히 아가씨의 집에서 숙식한 죄. 버러지 천민 죄수 주제에 감히 아가씨가 읽어주는 책을 탐한 죄. 좀도둑질이나 하는 도둑놈 출신 주제에 감히 이렇게 아가씨 눈을 마주 쳐다본 죄.

료코 말도 안 돼! 이치로 씨는 니가 잘 지내고 있다고 했어. 아버지도 니가 포상을 받아 편하게 지내고 있다고.

사이.

태수 그 말들을 믿었다면 여기에 왜 왔어? 집에 가만히 있었으면 좋았을 텐데.

료코 진짜로 그렇게 말했어.

태수 그날 널 구하는 게 아니었어. 처음부터 그러는 게 아니었어. 우리는 악연이야.

료코 강태수!

태수 아니, 난 567번. 황국의 신민이 되어 대동아전쟁의 총알받이로 나간다. 헛된 꿈을 꾸면 등짝이나 터지지.

료코 왜 그러는 거야? 무섭게.

태수 난 전쟁터로 보내질 거야. 총알받이가 되어 죽겠지. 그렇게 만들려고 황국의 신민이 되라고 한 거야. 너희 아버지가, 이치로가, 너희 일본제국이!

분노한 태수의 모습에 무서움을 느끼는 료코.

료코 난 니가… 조금이라도 행복했으면 했어.

태수 부랑아 거지를 도와 먹을 것을 주고 감화를 시키는 목적이 그거였다고. 시장터의 좀도둑을 잡아다 태평양 전쟁의 총알받이로 쓰는 거… 이제 난 속지 않아!

사이.

료코 미안해.

태수 넌 너대로, 난 나대로 살아가면 돼.

자리에서 일어나 돌아서는 태수를 료코가 붙잡는다.

료코 난 니가 궁금했을 뿐이야.

태수 대체 뭐가 궁금한데?

료코 니 모든 것. 니가 날 구해 줬으니까. 생명의 은인이니까.

사이.

태수 부모한테 어떻게 버려지고, 어떻게 선감원에 끌려왔는지 궁금했어? 매일 밤 빈대와 벼룩과 함께 잠들면서 고픈 배를 움켜쥐고 신음하는 게 궁금했어? 보이는 거라곤 아무것이나 주워 먹고, 캐먹고, 나무뿌리를 갉아먹는 바람에 이질에 걸려 죽어가는 동생을 바라보는 내 심정이 궁금했어?
내 옆에서 잠자던 동무가 고통에 몸부림칠 때 귀를 막고 눈을 감고 잠을 청하는 것 외에 할 수 있는 게 없는 그 좆

같은 기분이 알고 싶어? 이 지옥을 벗어나려고 물속에 뛰어들어 죽을힘을 다해 수영했지만 결국은 다시 잡혀 와서 등짝이 갈라지고 찢어지도록 매질을 당하고 죽어 나자빠지는 형을 이 손으로 파묻는 그 심정이 궁금해? 왜 궁금해? 왜? 왜?… 니가 뭐라고?… 니가 도대체 뭔데?

사이.

료코 난 아무것도 아니야. 하지만 넌 나를 구했지. 내가 파도에 허우적거리던 날 … 그냥 지나칠 수도 있는데, 그 바다가 얼마나 무서운지 알면서도 죽음을 무릅쓰고 날 구했잖아!

사이.

태수 후회하고 있어.

사이.

료코 거짓말이라는 거 알아.
태수 거짓말이라고? 거짓말?

격분한 태수가 료코를 끌고 간다.
선감학원의 비밀통로 앞까지.

태수   궁금하다고 했지? 알고 싶다고 했지? 그럼 니가 직접 알 아봐!

태수, 료코를 선감학원 안으로 밀어 넣어 버린다.

료코의 날카로운 비명.

어둠.

9.

어둠 속에서 헉헉거리는 숨소리, 다가오는 발자국 소리, 기괴한
웃음소리 들린다.
공포에 가득 찬 료코의 모습이 희미하게 보일 듯 말 듯 보인다.
료코, 공포로 크게 소리 내지도 못하고 겨우 말을 뱉는다.

료코   구해줘!

그러나 다가오는 사람은 없고,
기괴한 웃음소리와 발자국 소리가 더 커지며 공포가 극대화된다.

료코   (있는 힘껏) 구해줘! 살려줘! 태수!

끔찍한 소리와 함께 짙은 어둠.
침묵.
그리고 다음 순간.
눈부신 빛 속에 태수가 료코를 붙잡아 끌어내는 모습이 보인다.
와락 료코를 안는 태수.

태수   미안해! 정말 미안해! 료코!

태수의 몸에 기댄 료코가 참았던 울음을 터트린다.

침묵.
료코를 진정시키며 나란히 앉는 태수.

태수 우린 저 곳을 살아있는 지옥이라고 불러. 궁금하다고 했지? 이해하고 싶다고. 절대로 이해하지 못할 거야. 저 살아있는 지옥에서 실제로 살지 않는 한.

훌쩍이는 료코.

태수 차라리 저 속에만 있었으면 좋았을 걸. 담장 밖 세상을 알게 돼서 난 저주를 받았어.

태수를 바라보는 료코.

태수 난 다시 되돌아 갈 수 없어.
료코 그럼, 어디로 가려고?

사이.

태수 알을 깨고 나온 새가 다시 알 속으로 들어가는 일은 없지. 난 떠날 거야.

료코 기억하고 있었구나. 데미안.

태수 그럼. 누가 읽어준 건데.

서로의 손을 잡는 료코와 태수.

료코 탈출한다고? 하지만 위험하다고 했잖아.

태수 나에게 위험하지 않은 세상은 없어. 날 때부터. 아니, 어머니가 날 버릴 때부터. 세 살 꼬마 아이의 잡은 손을 떼어놓은 그 순간부터 내 세상은 늘 위험했어.

료코 아, 어떡해?

태수 지옥을 견디며 남아있어도 위험하긴 마찬가지야. 이치로가 날 죽이려고 하고 있으니까.

료코 아, 이치로. 내 탓이야.

사이.

태수 난 날아갈 거야. 아브락사스에게로.

료코 날아가다니 어떻게?

태수 절벽에서 뛰어 내릴 거야. 그 다음은 헤엄쳐서 바다를 건너야지. 죽거나. 아니면… 살거나.

태수가 어둠을 향해 뛰어간다.

가다가 멈춰 료코를 돌아본다.

태수   새는 알에서 나오려고 투쟁한다.

태수가 어둠 속으로 사라진다.

로코   니 이름을 기억할게. 강태수. 크고 빼어난 아이.

울음을 그치고 일어서는 로코.

10.

같은 곳, 미노루와 유리코가 료코의 이름을 부르며 다가온다. 총을 든 이치로가 몹시 흥분해 있다. 이치로는 태수가 사라진 쪽을 향해 총까지 발사한다.

유리코 료코! 대체 어디를 갔었던 거야? 왜 여기에 있어?

미노루 경솔하게 굴지 말라니까. 그 녀석을 만나 뭘 어쩌겠다고?

료코 ….

이치로 료코 아가씨 괜찮습니까? 567번이 탈출을 시도했습니다.

미노루 어리석은 놈.

이치로 아무리 수영을 잘해도 조수간만의 차이가 워낙 큰 이 바다에서 육지까지 간다는 건 안 될 말입니다. 내일 아침이면 시신으로 떠오르고 말 겁니다.

유리코 정말로 바다로 뛰어들었을까요?

이치로 바다가 아니라면 갈 곳이 없죠. 여긴 섬이니까요. 우린 널린 조개를 줍듯 그 녀석을 주우면 되죠.

료코 끔찍한 말씀을 신나게도 하는군요. 이치로 씨!

이치로 아니 아가씨. 조선인 부랑아 녀석 하나일 뿐입니다. 인간도 아닌 짐승. 통계에도 들어가지 않는 놈들, 죽어도 그만이죠.

료코 아니요! 그들도 인간이에요. 우리와 같은. 우리처럼 숨쉬

고, 말하고, 느끼고, 생각이라는 걸 하는 사람이라구요. 짐
승이 아니에요. 우리와 똑같아요. 당신과.

료코의 도발적인 태도에 뺨을 때리고 마는 이치로.

이치로 아, 미안합니다.

료코 구제불능! 다시는 이치로 씨를 보고 싶지 않아요.

이치로 네? 그게 무슨 말입니까? 우리는 약혼한 사이 아닙니까?

유리코 료코?

미노루 투정이라면 신물이 난다. 니가 뭔데 이치로 씨를 안 본다
는 거야?

이치로 567번이 우리와 같지는 않지요. 그렇지 않습니까? 원감
님! 그들은 부랑아고, 도둑놈이고… 조선인이고.

사이.

료코 이치로 씨, 당신을 다시는 보고 싶지 않아요. 아마 내 이야
기를 들으면 당신도 그럴 거예요.

이치로 ….

료코 지난 밤 선감학원에 들어갔었어요. 생지옥과 다름없는 그
곳에. 아버지와 함께 갔을 때와는 다른 모습들이 있더군
요. 병들고 못 먹어 죽어가는 소년들. 환부에서는 구더기
가 끓고 있었어요. 유령 같은 그 사람들이 나를 보더니…

미친 듯이 달려들던데요. (히스테리컬하게) 이치로 씨, 그 다음엔 어떻게 됐을까요? 먹을 것과 성욕에 굶주린 소년들이 화장품 냄새를 풍기는 치마를 입은 여자를 보고서는….

이치로, 충격을 받는다. 저절로 무릎이 꺾이는데,

이치로　　말도 안 돼. 거짓말!

료코　　지난 밤 선감원에 때 아닌 소란이 있지 않았나요?

기억을 더듬는 이치로.

이치로　　그건 탈출 시도가 있어서.

료코　　탈출시도는 그 다음이었어요.

미노루가 흥분한 이치로에게서 총을 빼앗아 료코에게 겨눈다.

미노루　　더 이상 거짓말을 지어내지 마라. 료코! 대체 무슨 속셈으로 그런 더러운 말을 입에 올려?

료코　　왜 거짓말이라고 생각하세요?

미노루　　거짓말이 아니면… 죽어라. 차라리 죽어! 그 짐승 같은 놈들에게… 니 정조를 잃었다면 차라리 죽는 게 낫지.

권총의 방아쇠를 쟁이는 미노루,

유리코   안 돼! 안 돼요!

유리코, 료코에게 총을 겨눈 미노루의 앞으로 뛰어든다. 미노루의 총을 빼앗으려는 듯 실랑이를 벌이는데, 그 행동이 오히려 미노루로 하여 방아쇠를 당기게 만든다.
단발마의 총성. 유리코가 총에 맞아 쓰러진다.

유리코   (쓰러지며) 미노루, 나를… 나를 쏘다니… 머저리! 당신은 지옥에 떨어질 거야. 미노루.

유리코는 끝내 피를 흘리며 정신을 잃는다.

료코   엄마! 엄마!
미노루   아냐. 내가 그런 게 아냐. 유리코가 뛰어든 거야. 너희도 봤지? 료코, 너를 죽이려고 한 게 아니야. 그냥 위협만 하려고.
료코   오, 불쌍한 아버지! 오, 불쌍한 어머니!
이치로   미쳤어! 당신들 모두 미쳤어!

뛰어나가려는 이치로를 미노루가 붙잡는다.

미노루   이치로 군! 이건 사고였어. 이 총을 쏜 건 그래, 567번 그 녀석이 한 걸로 하세. 그 녀석 어차피 살아나갈 수 없어. 이치로군, 자네 말대로 해안에 떠밀려 시신으로 돌아올 텐데. 제발 이치로 군, 날 살려주게.

료코   (분노에 차서) 아버지! 어떻게 그런 거짓말을 그렇게 빨리 지어낼 수가 있어요? 정말 아비시는….

미노루의 손을 냉정히 뿌리치는 이치로.

이치로   물지게꾼의 아들이라고 나를 그렇게 무시하더니 이제는 빌고 계시군요. 하지만 안 되겠습니다. 유감스럽게도 저는 유리코 씨를 좋아했습니다. 그분을 이렇게 잃다니, 슬픔을 견딜 수가 없네요. 그리고 료코, 넌 끝장이야. 버르장머리 라고는 없는 년. 수백 번이라도 뺨을 쳤어야 하는데….

실성한 듯 웃는 료코.
이치로가 성큼성큼 걸어 나간다.
망연자실 앉아있는 미노루.

11.

다음 날. 목조가옥의 거실에 료코가 있고, 2층 서재에는 미노루가
앉아 있다.
유리코의 관에 온통 찔레꽃을 덮고 있는 료코.

료코   엄마가 왜 이 찔레꽃을 그렇게 좋아했는지 알 것 같아. 교
정? 아니… 감추고 싶은 게 많았던 거지. 찔레꽃은 한번
심어 놓으면 잘도 자라서 넝쿨이 자라고 자라 대문을 뒤
덮고, 담장을 뒤덮고. 어떤 추악한 진실이라도 다 뒤덮고.
(분노에 차서) 다들 왜 진실을 외면하고 덮으려고만 했어?
거짓말쟁이들!

료코는 관 앞에 있는 상했을지도 모를 음식을 마구 입안에 구겨
넣는다.
예의범절은 버린 채로 본능만 남은 짐승처럼 먹고 또 먹는다.

료코   사람을 그렇게 가두어 버리면 본능만 남게 되는 거야.
젓가락질도 금세 잊어버려. 그저 배를 채워야겠다는 본
능만 남아 반응하는 거지. 짐승이 되는 거야. 그게 가장
나빠. 그들을 짐승으로 만들어 버린 거. 짐승. 태수는
절대로 그 짐승의 시간으로는 돌아가지 않을 거야. 죽

는 한이 있더라도. 왜냐하면 그 아이는 알을 깨고 나와 새가 되었으니까

료코가 정신을 놓아버리고 음식을 탐하는 사이, 밖에서 문을 두드리는 소리가 들린다.

이치루 미노루 씨! 함께 경찰서로 가시아겠습니다. 상부에서 이미 범죄사실을 알고 빠른 처리를 명령했습니다. 미노 루 씨!!

2층의 미노루는 목을 맬 끈을 찾는다.
고리를 목에 거는 미노루, 발로 툭 의자를 걷어찬다.
대롱대롱 매달려 흔들리는 미노루.
쇠문을 두드리는 소리가 들린다.

료코 꺼져! 이치로 이 개새끼! 꺼져버리란 말이야!

문을 걷어차고 들어온 이치로와 부하들, 2층으로 올라간다.
료쿄가 발작적으로 웃는다.

이치로 완전히 맛이 갔군. 료코, 너에게 좋은 소식이다. 567번이 살아 있다. 아직 시신이 발견되지 않았어. 그러니 기다려 봐. 또 다시 널 구하러 올지도 모르니까.

갑자기 이성을 차린 듯한 얼굴을 하는 료코. 다행스런 미소를 짓더니.

찔레꽃으로 덮인 어머니의 관을 쓰다듬는다.

파도 소리가 거칠게 들려온다.

파도 한 가운데 섞여 유영하고 있을 태수를 떠올리며 창가로 가서는 료코.

료코 (데미안의 한 부분을 낭송한다)

태어나는 것은 언제나 어려운 일이지요.

새도 알을 깨고 나오려면 온 힘을 다해야 한답니다.

돌이켜 자신에게 한번 물어보세요.

대체 그 길은 왜 그렇게도 어려웠던가? 그저 어렵기만 했던가?

그러나 역시 아름답지는 않았는가? 하고 말이에요.

당신은 보다 더 아름답고 쉬운 길을 알고 있나요?

료코의 뺨 위로 한줄기 눈물이 흘러내린다.

파도소리가 더 거칠게 집어삼킬 듯 요동치다 서서히 사라진다.

끝.

한국 희곡 명작선 77
짐승의 時間

초판 1쇄 인쇄일   2021년 11월 25일
초판 1쇄 발행일   2021년 11월 30일

지 은 이   김민정
만 든 이   이정옥
만 든 곳   평민사
　　　　　서울시 은평구 수색로 340 〈202호〉
　　　　　전화 : 02) 375-8571 / 팩스 : 02) 375-8573
　　　　　http://blog.naver.com/pyung1976
　　　　　이메일   pyung1976@naver.com
등록번호   25100-2015-000102호
ISBN   978-89-7115-791-6   04800
　　　　　978-89-7115-663-6 (set)
정   가   8,000원

이 책은 사단법인 한국극작가협회가 한국문화예술위원회의 2021년 제4회 극작엑스포
지원금을 받아 출간하였습니다.